LA BARONNE
DE SERVIAC,

DRAME EN TROIS ACTES,

PAR

André Parceun.

LYON,

Imprimerie de C. Roy fils & C⁽ⁱᵉ⁾, place St-Jean, 6.

1842.

LA BARONNE

DE SERVIAC.

DRAME.

LA BARONNE

DE

SERVIAC,

DRAME EN TROIS ACTES,

Précédé d'un Prologue;

Par André Parceint.

LYON,

Imprimerie de C. Rey Jeune et Cie, place St-Jean, 6.

MDCCCXLII.

A mon Père,

Je débute dans la carrière des Lettres par un Ouvrage faible & manquant de ce vernis, fruit d'une instruction profonde & de facultés éminentes, qui enrichissent toute production de l'esprit & du génie. Cependant j'ose espérer que l'indulgence paternelle me permettra de lui dédier ce premier essai

d'une imagination encore inculte, pen=
sant, à force de soins, pouvoir un jour
déposer à ses pieds un ouvrage plus
digne de la sollicitude qu'il n'a cessé
d'avoir pour son fils. En attendant,
puisse cet hommage de ma reconnaissance
filiale trouver accès dans son cœur ; mon
désir sera satisfait, & je m'estimerai
heureux d'avoir consacré quelques ins=
tants de loisir à me rendre agréable au
meilleur des pères.

André Parceint.

La *Baronne de Serviac* serait restée à
jamais inédite, si j'avais pensé qu'elle devrait être censurée par un lecteur rigide et
sévère. Si je me suis décidé à la produire,
c'est pour donner une preuve d'estime, de
respect et d'amitié à la personne à qui je

fais hommage de cette peinture faible et in-
correcte de quelques passions humaines.

J'ai choisi le sein d'un ami pour y déposer
ce premier fruit de quelque assiduité, afin
de ne pas donner aux critiques l'envie de
m'accuser d'un orgueil insensé.

Dans ce drame, voici mon but : marcher
sur les traces des écrivains qui ont déjà
montré l'horreur et le fatalisme des passions.

La Baronne de Serviac, femme sortie d'un
rang obscur du peuple napolitain, avec ces
passions ardentes qui caractérisent les ha-
bitants de l'Italie, foule aux pieds les lois de
la nature pour parvenir à la fortune; mais
l'Éternel lui a réservé pour châtiment l'as-
sassinat de son fils, qu'elle reconnaît alors
qu'elle vient de lui plonger dans le sein un
fer infanticide.

Voici le voile déchiré et mon intention
connue. Je laisse à présent au discernement
du lecteur à juger si j'ai rempli mon but. Si
j'ai eu le malheur de mal traiter mon sujet,
que son indulgence soit généreuse, et sur-

tout qu'il se rappelle que tout mortel peut essayer d'aborder le Parnasse, mais qu'il n'est permis qu'à un bien petit nombre de pénétrer dans ce sanctuaire de science et de gloire.

LA BARONNE DE SERVIAC.

PROLOGUE.

DISTRIBUTION.

PERSONNAGES.

ROLANDO ,	Chef de pirates espagnols.
DIÉGO ,	Lieutenant de Rolando.
VALLERINO ,	
BORELLA ,	Brigands napolitains.
LORENZO ,	Amant de Louisia.
MICHIELLI ,	Pasteur et parent de Lorenzo.
LOUISIA ,	Jeune contadina.
Un Pêcheur.	
Un Enfant.	
Garde Napolitaine , Pirates Espagnols.	

DRAME.

DISTRIBUTION.

PERSONNAGES.

BORELLA ,	Intendant chez la baronne de Serviac.
VALLERINO ,	Portier du château de Saint-Alvère.
SAINT-ELME ,	Officier français, fils adoptif de la comtesse de Volmar.
LE MARQUIS DE SAINT-AMAND ,	Homme de lettres.
LÉONS ,	Serviteur de la comtesse de Volmar.
Un Officier.	
Un Laquais.	
LA BARONNE DE SERVIAC.	
THÉRÉZA ,	Confidente de la baronne.
Garde Française , Domestiques.	

PROLOGUE.

Le Théâtre représente une vallée ombragée. On aperçoit dans
le lointain les dômes de la ville de Naples ; à la gauche des
spectateurs, l'entrée d'une caverne souterraine, taillée dans
un roc élevé. Au fond du Théâtre, la mer qui roule ses flots à
grand bruit. Une barque est à l'ancre non loin du rivage.

SCÈNE PREMIÈRE.

ROLANDO , DIÉGO , Pirates.

(Au lever du rideau, plusieurs Pirates sont endormis sur le
gazon ; d'autres sont occupés à transporter des ballots de
marchandises du souterrain dans la barque. Rolando se pro-
menant çà et là, donne quelques sons d'un petit cor suspendu
à ses côtés ; aussitôt tous sont debouts autour de lui.)

ROLANDO, *à ses compagnons.*

Joyeux enfants de la belle Espagne , le soleil

va paraître ; voici des soins nouveaux , le temps presse, il faut partir.

DIÉGO.

Capitaine , nous sommes toujours tous prêts à obéir à vos ordres; c'est un devoir sacré.

ROLANDO, *s'adressant à plusieurs Pirates.*

Vous, allez à Naples , et rapportez ce qu'il y a de plus riche, de plus précieux en tissus, en dorures, en tableaux. (*S'adressant à un autre groupe*) Pour vous, conduisez la nacelle au navire; de la prudence dans la route, et surtout du courage si vous étiez surpris. (*S'adressant aux autres*), Vous, restez avec moi, nous sommes aujourd'hui, pour la dernière fois, gardiens des entrepôts.

(*Chacun se dispose à partir* , ROLANDO, *se retournant*) :

Qu'au déclin du soleil la barque soit ici, que tout le monde se trouve réuni ; le signal donné, malheur à celui qui ne l'aurait entendu, il pourrait dire adieu à ses compagnons pour de longues années.

TOUS LES PIRATES, *ensemble.*

Vive Rolando !

(Les uns prennent le chemin de Naples après avoir changé leurs costumes, d'autres emmènent la barque ; Rolando entre dans le souterrain avec les pirates qui restent, et en ferme l'entrée.)

SCÈNE II.

LOUISIA, *seule.*

(Louisia en costume de villageoise Napolitaine, s'avance la tête baissée, s'asseyant d'un air triste et réfléchi, sur un tertre de gazon :)

La lumière se montre déjà à l'horizon, et Borella se fait attendre; ce cœur accoutumé à la vue du sang, serait-il en ce jour, par une fatalité contraire, plus sensible que celui d'une mère infortunée, violerait-il ainsi son serment? trahirait-il la malheureuse Louisia? Taisons-nous, je l'aperçois.

SCÈNE III.

LOUISIA, BORELLA.

BORELLA.

Comment, belle Louisia, à peine l'aube naissante, et vous déjà en ces lieux...

LOUISIA, *l'interrompant.*

Oui, seule et sans témoin, pour te voir et t'entendre; mais parle, qu'a dit Vallerino?

BORELLA.

Il accepte. De l'or, et vos ordres vont être exécutés.

LOUISIA, *à part.*

C'en est donc fait, grand Dieu !

(*Jetant une bourse à Borella.*)

Tiens le prix du meurtre, je ne puis soutenir plus longtemps la vue de celui qui va verser mon propre sang.

(*Elle feint de s'éloigner.*)

BORELLA, *prenant la bourse et retenant Louisia.*

Mais l'enfant ! où est-il ?

LOUISIA, *à part.*

Mon esprit est si troublé que j'oubliais (*à Borella*) : Sous le chêne du Lias, tu trouveras parmi des roseaux un berceau où gît dans ses langes la victime que mon aveuglement et mes passions sacrifient à ma cupidité. (*Elle s'éloigne en pleurant.*)

SCÈNE IV.

BORELLA, *seul, comptant l'or.*

Cinq cents florins ! Quel trésor ! A ce prix, que ne ferait-on pas ? Silence, voilà Vallerino.

SCÈNE V.

BORELLA, VALLERINO.

BORELLA, *prenant la main de Vallerino.*

Honneur et gloire à notre illustre chef.

VALLERINO.

Salut, enfant de la montagne.

BORELLA, *lui montrant l'or.*

Regarde !

VALLERINO.

De l'or! celui sans doute que nous devons partager?

BORELLA.

Précisément, cher ami.

VALLERINO.

Donne, je suis prêt.

BORELLA, *lui tendant la bourse.*

Tiens, heureux mortel! c'est cependant à Borella que tu dois cette richesse inattendue.

VALLERINO.

Je ne le nie pas ; mais ne faut-il pas gagner ce que tu sembles donner ? Partons sans plus tarder.

BORELLA.

Suis-moi, je m'abandonne à ton serment, et je cours frapper Lorenzo.

VALLERINO.

Je te suis ; mais qui a pu porter cette femme à sacrifier deux personnes qui devraient lui être si chères ?

BORELLA.

L'ambition, Vallerino ! qui dans ce moment va nous faire répandre un sang innocent !

VALLERINO.

Explique-toi, parle plus clairement.

BORELLA.

Un Français, noble et opulent, adore Louisia, leur amour surmonte tous les obstacles, ils sont sur le point de s'unir ; mais Louisia craint Lorenzo et redoute sa vengeance : pour sa sécurité, il faut qu'il meure. Quant à l'enfant faible et impuissant aujourd'hui, il doit partager le sort de son père, afin qu'il ne devienne un jour, auprès du baron, la preuve irrécusable que Louisia n'a pas été aussi pure et aussi chaste qu'elle s'est efforcée, avec son artifice perfide, de le paraître à ses yeux.

VALLERINO.

Par mon patron, je conçois maintenant ; c'est égal, elle peut être tranquille, je tiens l'or, j'ai juré, et je ne manque jamais à mon serment.

(En achevant ces mots, il fait signe à Borella, et s'éloignent tous deux.)

SCÈNE VI.

LORENZO, MICHIELLI.

MICHIELLI.

Songez, mon enfant, que je l'ai vu naître, que je l'aime presque autant que vous pouvez l'aimer.

LORENZO.

Mais dites que s'il perdait son père vous lui en serviriez, et le protégeriez.

MICHIELLI.

Certainement, mon ami ; mais quelle étrange

pensée, vous si jeune et moi accablé sous le poids des années, puis-je espérer de vous survivre?

LORENZO.

Peut-être.... Qui peut connaître les arrêts du Ciel?

MICHIELLI.

Je m'aperçois depuis longtemps qu'un tourment secret déchire votre âme, parlez, un vieillard, votre ami, votre pasteur enfin, vous en conjure.

LORENZO.

Je ne sais; mais un pressentiment insensé, sans doute... Oh! Louisia.

MICHIELLI.

Qu'entends-je! Louisia pourrait être perfide à la veille de s'unir avec vous!

LORENZO.

Mon cœur déchiré a veillé en silence, je n'ai pu découvrir encore; mais....

MICHIELLI, *à part.*

Je frémis.

LORENZO.

Oui, je serais déshonoré! Oh! vengeance.

MICHIELLI.

Elle foulerait tout-à-coup des liens aussi sacrés que ceux qui la lient à vous ; des liens, dis-je, que la religion elle-même va bientôt rendre éternels ; je connais Louisia, le fond de son cœur, elle est incapable d'un tel forfait.

LORENZO.

Je l'outrage, peut-être, mais un amant, c'est si craintif, si jaloux.

MICHIELLI.

Je maudis les blasphémateurs, quels qu'ils soient, qu'ils redoutent les malédictions du pasteur Michielli.

LORENZO.

Le village parle d'un étranger, d'un Français. Oh ! pensée accablante !

MICHIELLI.

Ciel ! un Français !

LORENZO.

Calmez-vous, mon père, il y a encore du fer en Italie ! Malheur à tous !

MICHIELLI.

Lorenzo ! du courage, mon enfant, continue ta

route , je te laisse, je cours éclaircir ce mystère ; puisse le Ciel protéger tes pas, adieu, je te bénis.

LORENZO , *s'inclinant à ces mots , et serrant la main que lui tend Michielli.*

Veille en silence pour ton ami, Dieu te bénira ; mais surtout de la prudence, homme vertueux, tu tiens en tes mains la vie de Lorenzo.

(Ils sortent.)

SCÈNE VII.

(Des pirates chargés viennent déposer leurs marchandises à l'entrée du souterrain.)

(*Ensemble.*)

Nous sommes poursuivis.

(*L'un d'eux.*)

J'ai vu la milice napolitaine se précipiter sur nos pas.

(*Un autre pirate.*)

Donnons l'éveil.

(*Ensemble.*)

Nous vendrons chèrement notre vie.

DIÉGO , *s'approchant du souterrain.*

Espagne, danger !

SCÈNE VIII.

Les Précédents, ROLANDO et les autres Pirates.

ROLANDO, *sortant du souterrain avec ses compagnons.*

Quel air d'abattement est peint sur vos visages.

(Les Pirates ensemble).

Nous sommes trahis.

ROLANDO, *tirant son épée.*

Aux armes !

(A ces mots, les pirates entrent les marchandises qu'ils viennent d'apporter, et reviennent ensuite tous armés).

DIÉGO.

Comment résister à cinq cents soldats.

ROLANDO.

Lâche, trembles-tu? sors de nos rangs.

DIÉGO.

Capitaine, tu me fais injure, tu verras qu'au combat je sais vaincre ou mourir.

ROLANDO, *à un des Pirates.*

Vas sur le sommet de cette colline à la découverte

2

du navire ; dès que tu l'auras aperçu, accours me le signaler. (*Le pirate obéit*).

ROLANDO.

Du courage, compagnons ; et surtout de l'audace ; plaçons-nous par ici et attendons du ciel ce que nous devons faire.

(Ils se mettent derrière un touffus de broussailles.)

SCÈNE IX.

LES PRÉCÉDENTS, VALLERINO.

VALLERINO, *tenant un enfant enveloppé dans son manteau, et de la main droite portant un poignard.*

A peine as-tu paru à la lumière que tu vas être rendu aux ténèbres éternelles, un mouvement de pitié fait battre mon cœur ; mais non. Deux cent cinquante florins et la madone que j'ai prise à témoin, c'en est fait, il faut que l'œuvre s'accomplisse....

(S'approchant de la mer, il lève son poignard pour frapper l'enfant ; au même instant, Rolando fait signe aux pirates qui se jettent sur Vallerino et l'entraînent à ses pieds.)

ROLANDO *arrachant l'enfant à Vallerino.*

Il faut au moins dans ma vie que je me signale par une bonne action, faiblesse et innocence je te sauve donc d'une mort certaine, je maudis un destin qui m'empêche de te garder auprès de moi, mais puisse le ciel veiller sur toi, je te confie à sa garde.

(Il dépose l'enfant dans un touffus de verdure, puis s'approchant de Vallerino :)

Misérable! qui te poussait à sacrifier un être inoffensif, et qui ne devrait exciter que de la compassion pour un homme de courage et d'honneur, réponds ou redoute ma colère ?

VALLERINO.

De quel droit viens-tu m'interroger?

ROLANDO.

Du droit de celui qui châtie le barbare et qui va punir ta férocité.

(Aussitôt le pirate envoyé à la découverte, accourt en s'écriant :)

Équipage, équipage !

(On aperçoit la nacelle qui s'approche du rivage.)

ROLANDO *aux pirates, leur montrant Vallerino.*

Qu'on le charge de fers et qu'il soit jeté dans le fond de la barque. (*Les pirates obéissent.*)

(On entend le pas des troupes napolitaines et le son du tambour.)

DIÉGO.

Ma chaîne d'or pour la vierge de Madrid, et cent messes en action de grâces si nous pouvons leur échapper.

VALLERINO, *se débattant dans la barque.*

Tremblez à votre tour, vils déprédateurs, je vais
être vengé.

ROLANDO, *aux Pirates.*

En avant, au large.

(Tous se précipitent dans la barque, Rolando y entre le
dernier, les troupes apparaissent au même instant, les pirates
font une décharge générale de leurs armes, les troupes y ré-
pondent, enfin la barque disparaît. Les gardes napolitaines
défilent sur le théâtre, et s'éloignent peu à peu.)

SCÈNE X ET DERNIÈRE.

UN PÊCHEUR.

(Le pêcheur, attiré par la fusillade, est arrivé au moment où
les troupes étaient aux prises avec les pirates; il a aperçu
l'enfant, et dès que les troupes se sont éloignées, il court vers
lui, et le saisissant dans ses bras.)

Un enfant! mes yeux ne s'étaient donc pas trom-
pés; qu'il est beau, si jeune et déjà abandonné!
sans doute ces pirates cruels, la terreur de nos pays
l'auront arraché malgré les cris et les larmes d'une
mère inconsolable (levant les yeux au ciel) : Madone
sainte! merci de me l'avoir envoyé, je le protégerai;
Fénéla est stérile, elle veillera sur l'orphelin, et le
ciel aura pitié de notre misère et viendra à notre aide.

(*Déposant un baiser sur sa poitrine.*) Ciel ! une croix, marque sensible et irrécusable, tracée sans doute par la main d'une mère vertueuse qui voulait attirer sur son enfant les faveurs du Très-Haut; espérance! peut-être un jour retrouvera-t-il le sein d'une mère!... il me sera arraché, mes peines et mes soins seront infructueux;... mais non, car le Maître du monde récompense le bienfait et ne laisse jamais la vertu sans couronne. (*Il s'éloigne.*)

Le rideau tombe.

PREMIER ACTE.

(Une salle de l'hôtel de la baronne de Serviac, à Périgueux;
à droite, un sopha; au fond, grandes portes; meubles riches
et somptueux.)

SCÈNE PREMIÈRE.

La Baronne de Serviac.

(La Baronne, étendue sur un sopha, se levant tout-à-coup.)

Clémence divine! c'est donc en vain que je t'implo-
rerai éternellement, tu seras donc toujours sourde à

mes lamentations. Dieu inflexible, ce serait en vain que j'essaierais de te fléchir; le remords ne me laissera pas un instant de tranquillité. Douleurs, regrets amers, telles seront mes uniques consolations sur cette terre de souffrance. Insensée, que dis-je! n'est-ce pas un juste châtiment du ciel, meurtrière de Lorenzo et de ton enfant! misérable, toi qui faisais naguère expirer ton époux par un poison mortel, qu'oses-tu adresser des vœux au ciel! peut-il être sensible à tes pleurs lorsque le sang de tes victimes demande vengeance contre toi? (*A ces mots, épuisée et accablée par la douleur, elle retombe sur le sopha.*)

SCÈNE II.

THÉRÉSA, LA BARONNE.

THÉRÉSA *qui est accourue soutenant la baronne dans ses bras.*

Chère Louisia, quelle agitation s'est emparée de tes sens, qui peut ainsi te tourmenter sans cesse?

LA BARONNE, *revenant à elle.*

Ce n'est rien, Thérésa, tu m'aimes toujours, n'est-ce pas? tu es mon unique consolation, pauvre enfant!

THÉRÉSA.

Ingrate, peux-tu douter un instant de l'amitié de

celle qui a tout quitté pour te suivre, parents et amis, jusqu'à sa chère patrie.

LA BARONNE.

Pardonne, si je t'outrage; mais il est des souffrances qui absorbent l'amitié la plus vive, et qui nous font fouler aux pieds les liens les plus sacrés.

THÉRÉSA, *levant ses regards au ciel.*

O Italie! ô ma patrie! plût au ciel que nous foulions encore le sol napolitain, berceau de notre enfance; Louisia pauvre, mais heureuse, ne souffrait pas. La joie brillait sur son visage. Le plaisir seul était notre compagne. Fortune, richesse, grandeur, que vous rendez malheureux!

LA BARONNE.

J'étais, il est vrai, paisible et joyeuse, mais maintenant, hélas! plus de bonheur, plus de félicité pour moi.

THÉRÉSA.

Espérons encore, baronne; cet ennui que tu cherches en vain à me déguiser, serait sans doute sensible aux attraits de la belle et riante nature; la vue des prairies émaillées et fleuries du parc de Saint-Al- vère, le son de la flûte légère du pâtre, les accents mélodieux de Philomèle te rappelleraient le chaume

chéri du village , la terre rustique et sacrée où s'écou-
lèrent nos premières années ; et si cette image ani-
mée de ta première félicité ne guérissait pas entière-
ment ce venin qui te dévore, du moins pourrait-il di-
minuer sa force et alléger tes souffrances.

LA BARONNE.

Vaines espérances, pures illusions.

THÉRÉSA.

Tu fais erreur, ma chère ; je t'en conjure, au nom de
notre amitié si sincère et si vraie, Thérésa te supplie
de lui accorder cette faveur.

LA BARONNE.

Comment te refuser un bonheur qui nous coûte si
peu, sois donc heureuse, pauvre amie, nous serons ce
soir à Saint-Alvère ; vas, fais préparer mes gens, et
rappelle-toi surtout que si je m'oublie, j'aime toujours
ma bonne Thérèsa.

THÉRÉSA.

Je vole exécuter ses ordes. (*Serrant la main de
Louisia.*) Grand Dieu ! rends à mon âme le bien précieux qu'elle a perdu, la paix de l'âme, et Thérésa
ne cessera de bénir ton nom et tes bienfaits. (*Elle
sort.*)

SCÈNE III.

LA BARONNE.

(Un laquais apporte une lettre à la Baronne et s'éloigne.)

LA BARONNE, *brisant le cachet de la lettre.*

Quel bonheur ! une lettre de la comtesse de Volmar. (*Elle lit*) :

« Vous savez avec quelle vive douleur je reçus la
« nouvelle de la mort de votre illustre époux, et
« combien je regrettais alors d'être éloignée de vous
« et de ne pouvoir donner quelques consolations à
« vos justes regrets ; j'espérais cependant vous pres-
« ser bientôt dans mes bras : cet instant précieux
« est enfin arrivé, je suis demain à Saint-Alvère,
« veuillez vous y rendre, vous verrez avec moi l'en-
« fant de mon adoption, cet être estimable dont je
« vous ai parlé si souvent, comme récompensant mes
« bienfaits par les succès les plus glorieux dans la
« noble carrière des armes. Adieu, je ne doute pas
« de votre empressement à venir à ma rencontre.

« Votre tante dévouée,

« *La Comtesse* DE VOLMAR. »

LA BARONNE, *mettant la lettre sur son sein.*

Rougis d'avance, baronne de Serviac ! de tous
côtés des exemples sublimes sont sous tes yeux, tu

suis seule la voie du crime. Innocence, que ne fais-tu encore le plus bel ornement de mon âme, providence terrible que tu châties celui qui foule aux pieds tes arrêts divins.

(*Un laquais.*)

M. le marquis de Saint-Amand sollicite de madame la baronne quelques instants d'entretien.

LA BARONNE, *à part.*

Vie détestable, point de repos, oppressée par la douleur, accablée sous le poids des tourments, efforcée de dissimuler continuellement (*au laquais*). Faites entrer (*le laquais sort*).

SCÈNE IV.

LA BARONNE, LE MARQUIS DE ST-AMAND, VALLERINO.

(Le Marquis salue la Baronne, qui est venue à sa rencontre; Vallerino se promène dans le fond du théâtre; ses vêtements annoncent qu'il est dans la dernière indigence; la Baronne offre un siége au Marquis et s'assied.

LE MARQUIS DE ST-AMAND.

Madame la Baronne de Serviac excusera sans doute la hardiesse de ma visite, quand elle saura le motif qui me conduit auprès d'elle.

LA BARONNE.

M. le marquis de St-Amand peut toujours se présenter devant nous, sa visite nous fera beaucoup d'honneur et de plaisir.

LE MARQUIS.

Aussi aimable que belle, baronne, on est sûr, il est vrai, d'être toujours bien accueilli auprès de vous.

LA BARONNE.

Flatterie, monsieur; mais veuillez, je vous prie, me faire connaître le motif si puissant qui me procure quelques instants le charme de votre conversation.

LA MARQUIS.

Vous allez être satisfaite.

Hier, au soleil couchant je rentrais chez moi, lorsque ce vieillard (*montrant Vallerino*), se précipite sur mon passage en s'écriant, pitié, noble seigneur, accablé sous le poids des années, faible, sans soutien, sans fortune, ayez compassion du pauvre étranger qui vous implore, le ciel vous bénira. Ému en voyant cette tête blanche et les larmes qui coulaient de ses paupières. Suis-moi, lui dis-je, et il obéit; ce matin, à mon réveil, je l'interroge sur son pays, il me répond aussitôt : « L'univers, voilà ma patrie ! la misère, mon unique compagne, vingt ans esclave chez le cruel Espagnol, je revis enfin le chaume de mes pères, mais, en vain, j'ai fait entendre à mes compatriotes une voix suppliante qui leur mendiait un morceau de pain, ils fermèrent l'oreille à mes plaintes; je résolus alors d'aller chez l'étranger traîner mon infortune, j'y suis maintenant et n'attends que la mort pour terme à mes maux. » Dès cet instant, cet esprit mâle et courageux dans l'adversité me fit éprouver une telle sensation que je jurai de le protéger. Le hasard, madame, m'a fait apprendre que le portier de votre parc de Saint-Alvère était expiré depuis quelque temps, aussitôt je me suis empressé de venir demander pour l'infortuné cet emploi, qui lui procurerait un gîte et un morceau de pain, assurerait son existence et jetterait sur sa vieillesse quelques étincelles de bonheur et de félicité. Votre générosité, j'ose l'espérer, madame, ne voudra pas refuser, et j'attends maintenant l'assentiment à ma demande.

LA BARONNE.

Cette action, monsieur, est bien digne de vous, et je croirais de mon côté ne pas mériter votre estime, si dès ce moment vos désirs n'étaient remplis. (*Elle fait signe à Vallerino de s'approcher; il obéit.*) Dès aujourd'hui, vieillard, vous êtes au nombre de mes serviteurs et assuré de toute ma protection. (*Elle sonne, à un laquais qui s'avance.*) Conduisez cet homme à notre intendant et dites-lui de venir prendre mes ordres.

VALLERINO, *s'approchant du marquis.*

Homme généreux, puissiez-vous être récompensé

de tant de charité et de bienfaisance. Si les prières d'un vieillard ont quelque accès auprès de l'Éternel, le bonheur et la fortune ne quitteront jamais vos pas. (*Il sort avec le laquais.*)

SCÈNE V.

LE MARQUIS, LA BARONNE.

LE MARQUIS.

Que de générosité, que de vertus.

LA BARONNE.

Qui peut mériter des louanges? n'est-ce pas vous qui avez recueilli le vieillard souffrant, et qui vous employez pour le soulager.

LE MARQUIS.

Bienfaisante et modeste, quelle âme précieuse.

LA BARONNE.

Je vous en prie, marquis, assez de flatterie. (*On entend sonner dix heures.*)

LE MARQUIS, *se levant.*

Dix heures, je suis forcé de me retirer, vous m'excuserez, madame; on m'attend au conseil, recevez l'assurance sincère de ma gratitude et veuillez vous souvenir, que si le marquis de Saint-Amand, se trouve un jour dans une circonstance où il pourra vous être agréable, il vous consacrera ses services avec le plus vif empressement.

LA BARONNE , *l'accompagnant.*

Je regrette de ne pouvoir vous retenir plus long-temps, sentant de quelle importance vous êtes au conseil, nous ne voudrions pas le priver d'un esprit aussi éclairé. (*Le marquis sort.*)

SCÈNE VI.

LA BARONNE , BORELLA.

LA BARONNE, *sur le devant du théâtre.*

Je suis donc libre un instant, quel supplice que la flatterie, lorsque l'on souffre et que l'on ne peut être un moment sans crainte de se trahir soi-même, quelle misérable existence. (*Borella qui est entré se présente devant elle , la baronne l'apercevant.*) Ciel ! Borella.

BORELLA.

Je viens, madame, recevoir vos ordres.

LA BARONNE.

Je pars pour Saint-Alvère , vous viendrez avec nous.

BORELLA, *s'inclinant.*

Que doit devenir cet homme que vous m'avez envoyé?

LA BARONNE.

C'est le nouveau gardien de Saint-Alvère.

BORELLA.

Qu'entends-je; un vieillard sans force, inutile! réfléchissez madame.

LA BARONNE.

Qu'on obéisse, je le veux.

BORELLA.

(*A part.*) Femme orgueilleuse! (*à la baronne.*) Mais madame, je vous prie.

LA BARONNE.

Point d'objection; retirez-vous!

BORELLA, *se rapprochant de la baronne et lui serrant la main avec force.*

Suis-je donc destiné à être sans cesse le jouet des caprices d'une femme ambitieuse et insensée? est-ce à ton esclave, ou au complice de tes crimes que tu parles en ce moment? Celui qui, cédant à tes larmes artificieuses et à tes prières sacriléges, se teignit du sang des victimes de ta folie, sera-t-il exposé continuellement à tes dédains et à tes ordres arbitraires pour récompense de tous ces services? Tremble plutôt! la cendre qui fume encore pourrait être vengée!...

LA BARONNE, *le repoussant.*

Arrière, misérable ! frappe, mais n'excite pas des remords déjà trop accablants. (*d'un air orgueilleux.*) Je t'implore, je crois; j'oublie, Borella, que je commande en ces lieux, que je puis rire de tes bravades et te châtier, sors de ma présence ou redoute ma fureur.

BORELLA.

J'obéis, madame; mais si le fer du Napolitain redevient jamais nécessaire à sa compatriote, je serai sourd à sa voix et n'obéirai pas. (*Il s'éloigne.*)

SCÈNE VII.

LA BARONNE, *seule.*

Quel opprobre, le dernier des hommes peut me braver et m'insulter impunément, il tient en son pouvoir et mon honneur et ma vie. (*On entend sonner onze heures. La baronne s'arrête tout-à-coup, son visage exprime le délire, elle se frappe la poitrine.*) Onze heures! il respire encore, il est livide, ses paupières se ferment, Borella; je suis seule, ses membres se roidissent, grand Dieu! il appelle sa chère Louisia, baron, et c'est moi qui t'assassine! où fuir? il se lève, il me poursuit; pardon, grâce, pitié; il me saisit, je suis perdüe. (*En achevant ces mots elle tombe évanouie, Thérésa entre et la soutient, peu à peu elle reprend ses sens.*

THÉRÉSA.

Louisia, on t'attend pour partir, viens, je te prie; mais tu es mal, je vais appeler.

LA BARONNE, *d'une voix éteinte et entraînant Louisia.*

Silence. Tu as raison, fuyons ces lieux, où son image me poursuit et m'accable, allons à Saint-Alvère.

Le rideau tombe.

DEUXIÈME ACTE.

(Intérieur de la conciergerie du château de Saint-Alvère ;
deux portes, une dans le fond, l'autre à gauche ; cette dernière est masquée par une tapisserie qui la recouvre ; à droite,
une montée d'escaliers ; sur le devant, plusieurs escabeaux autour d'une table, sur laquelle est un flambeau allumé ; de
vieilles armoiries sont peintes sur les murailles.)

SCÈNE PREMIÈRE.

LÉONS, *seul.*

(On frappe à la porte qui est dans le fond du théâtre, personne ne répond ; alors Léons entre brusquement, et regardant
de tous côtés.)

Personne, la nuit qui descend déjà des monts, et im-
possibilité d'entrer au château, la grille en est fer-

mée, le concierge invisible, et un message pressé à remplir auprès de la baronne. Pauvre comtesse de Volmar! que mon retour va vous faire éprouver de tourments; mais mes forces m'abandonnent, la fatigue m'oppresse, je ne puis plus résister au sommeil qui s'empare de mes sens, prenons un peu de repos; peut-être que ce misérable ne tardera pas à venir. (*S'approchant de l'escalier.*) J'aperçois justement sa couche, ne tardons pas à refaire nos forces épuisées, car le temps presse. (*Il monte l'escalier.*)

SCÈNE II.

LÉONS (*arrêté au haut de la montée*), VALLERINO et BORELLA.

(Vallerino et Borella entrent sans apercevoir Léons; ils viennent se placer auprès de la table, chacun sur un escabeau.)

BORELLA.

Voici enfin un instant où nous pourrons nous entretenir, vieil ami! Plus je te considère, plus je m'étonne du changement de ton visage, et je m'interroge comment j'ai pu reconnaître, sous cette face pâle et ridée, cet homme qui jadis par son aspect mâle et courageux, était la terreur de nos pays.

VALLERINO.

Si mes souffrances t'étaient connues, cet étonnement serait bientôt dissipé.

38

BORELLA, *souriant.*

Tu as donc bien souffert?

VALLERINO.

Ne raille pas, l'avenir est voilé à tes regards; Vallerino a été châtié, tu pourrais l'être; prends garde, la vengeance divine peut retarder la punition, mais elle n'épargne jamais.

BORELLA.

La vieillesse a égaré ton esprit; car la folie seule peut avoir réduit au néant et à la faiblesse la plus basse l'âme de Vallerino.

VALLERINO.

Un instant, et tu vas voir si je n'ai pas lieu de redouter les vicissitudes de la fortune et de t'exhorter au repentir.

BORELLA.

Parle.

VALLERINO.

Tu te rappelleras facilement le jour où Louisia, aujourd'hui baronne de Serviac, dévoua Lorenzo et son enfant à la mort! ce souvenir terrible sera à jamais présent à mon esprit : Vallerino, me dis-tu, un étranger adore Louisia, un empêchement disparu, elle est riche; cet hymen, seule voie pour Louisia de parvenir aux grandeurs terrestres, fixe et excite toute son ambition. Cet obstacle qui s'oppose à son bonheur sont

deux êtres précieux, un amant et un fils : elle sacri-
fiera tout ; cinq cents florins sont promis aux meurtriers ! partageons les travaux et la récompense ! Faiblesse humaine ! j'acceptai ; nous nous séparâmes, toi
pour frapper l'amant, et moi pour immoler l'enfant au
berceau.

A l'entrée de la nuit, profitant des ténèbres, je me
dirigeai sur les bords de la mer, mais le bras ven-
geur de la Divinité était là qui m'attendait pour me
frapper ; j'avais la main levée sur l'enfant, lorsqu'à la
lueur de l'astre de la nuit, j'aperçus tout-à-coup dix
glaives étinceler sur ma poitrine ; au même instant, je
fus chargé de fers, l'enfant, arraché de mes bras, fut
exposé sur la rive déserte ; j'eus un instant l'espoir de
leur échapper, le gouvernement napolitain, informé de
leur retraite, envoyait à leur poursuite ; mais le sort
m'avait condamné, les troupes arrivèrent que déjà
nous avions quitté le rivage, elles firent sur nous plusieurs décharges, nous y répondîmes ; cette lutte nous
enleva le capitaine Rolando, celui qui m'avait fait char-
ger de fers, il tomba la tête fracassée par une balle.
Nous continuâmes notre route, je partis bientôt pour
l'Espagne, où vingt ans j'ai enduré, dans l'esclavage,
les tortures et les tourments les plus affreux. J'ai revu
enfin notre patrie, tu n'y étais plus, la mort avait
moissonné tous nos amis, j'étais sans ressource, je
jurai de quitter le sol natal. Je m'informai de l'enfant
de Louisia, et tout ce que je pus apprendre, ce fut que,
recueilli par un pêcheur, plus tard il avait été adopté
par une noble étrangère qui l'avait emmené loin du sol

napolitain, une marque était, m'a-t-on dit, gravée
sur sa poitrine, une croix, ouvrage de Lorenzo,
avait attiré l'étonnement de ceux qui s'en étaient
aperçus. Désespérant d'obtenir jamais d'autres ren-
seignements, je suis venu en France terminer ma
carrière orageuse, et tu sais comme le hasard m'a jeté
sur tes pas.

BORELLA.

Le fils de Louisia a échappé! fatalité!

VALLERINO.

Le sort l'a voulu, nous devons nous conformer à ses
arrêts immuables; mais, à ton tour, raconte-moi quel
hasard t'a conduit en France et t'a attaché à la baronne.

BORELLA.

Lorenzo immolé, Louisia était le lendemain baronne de Serviac et partait pour la France avec son
époux, je la suivis après avoir résisté longtemps à ses
prières. Les premières années de cette union s'écou-
lèrent en ces lieux au milieu des fêtes et des plaisirs;
mais ce ne devait pas être de longue durée, son destin
fatal l'attendait; tout-à-coup, elle devint triste, fuyant
jusqu'à la société du baron; elle ne recherchait que
la solitude. Ce changement m'étonna et je m'efforçai
dès-lors de lui arracher son secret; j'y parvins. Un
jour, je lui vis verser des larmes, elle était seule, je
me jetai à ses pieds en lui disant : Votre douleur est
donc si grande que vous oubliez qu'il est un homme

qui vous parle en cet instant qui a juré de mourir en vous servant, ne peut-il donc soulager votre tristesse ; qu'ai-je fait pour perdre votre confiance ? A ces mots , me relevant et me serrant la main : Jure, me dit-elle , d'obéir et tu vas tout savoir. Je promis et j'appris que le baron lui était devenu odieux, que sa vue lui était insupportable, qu'il lui fallait sa mort : c'en était fait ; son arrêt fut prononcé, et le lendemain il expira dans des tourments horribles, grâce au poison mortel que j'avais habilement jeté dans sa coupe.

VALLERINO.

Oh ! misérable.

BORELLA.

Un instant encore ; tu vis sans doute ce jeune officier qui vint au château avec la comtesse de Volmar, le lendemain du jour où tu fus reçu en ces lieux.

VALLERINO.

Celui qui fut enlevé aux côtés de la comtesse au parc Saint-Vallier, et dont on n'a pu découvrir les traces ?

BORELLA.

Précisément (*baissant la voix*), et son ravisseur est devant toi. Pendant son séjour au château, la baronne en fut éprise... elle ne put triompher de l'insouciance du jeune officier ; ne se rebutant pas, elle jura de le vaincre. La comtesse doit partir, je suis chargé d'arracher Saint-Elme à ses côtés, je sais l'heure de son départ, et je me mets en embuscade avec quatre compagnons fidèles ; la nuit arrive, la voiture qui portait le jeune officier et la comtesse s'avance, le cocher tombe raide mort, nous entraînons Saint-Elme qui essaie en vain de se défendre ; l'un de nous conduit la comtesse à Périgueux, et la force au silence en la menaçant de lui arracher la vie. Saint-Elme est conduit devant la baronne ; il résiste, et il est bientôt précipité dans les cachots de ces tourelles où il languit, et bientôt ne sera plus qu'un cadavre.

VALLERINO.

L'heure de votre châtiment ne peut être éloignée.

BORELLA.

Trève à tes chimères ! Il faut maintenant que tu viennes à mon aide, que tu me remplaces auprès du prisonnier si j'étais forcé de m'éloigner pour quelques temps. (*Il se lève.*) Viens que je te montre le lieu où est étendue la victime.

VALLERINO, *le repoussant.*

Arrête ! blanchi avec le remords, ce n'est pas aux portes du tombeau que j'irai contempler d'un œil sec la victime sacrifiée injustement, et que je serai sourd à ses plaintes.

BORELLA.

En vain résisterais-tu, il faut que tu partages mes labeurs et ma fortune.

VALLERINO, *à part.*

Du courage, il faut feindre.

BORELLA.

Loin de nous ces préjugés pusillanimes; qu'est devenu ce sang ardent qui coulait jadis dans tes veines? pas même le moindre vestige d'énergie et de courage.

VALLERINO.

Entends-tu par courage de voir souffrir l'innocence? crois-tu que c'est énergie que de sentir triompher le crime. Que tes yeux soient une fois au moins sensibles aux rayons de la vérité.

BORELLA.

Ma patience échappe, n'excite pas un ressentiment qui succéderait bientôt à l'amitié.

VALLERINO.

Il faut obéir. Pitié, grand Dieu, pour ma vieillesse!

BORELLA.

Je te reconnais enfin, viens, prends ce flambeau et suis moi.

(Il s'approche de la porte que cache la tapisserie; il l'ouvre et sort, se faisant précéder par Vallerino.)

SCÈNE III.

LÉONS, *seul.*

(Léons descend les marches et s'avance sur les bords de la scène, paraissant chercher une issue pour sortir.)

Enfin, je respire, ils sont partis, je suis glacé d'effroi. Saint-Elme, mon maître, c'est dans ces lieux, sous ces tourelles, dans un cachot que tu souffres et que tu gémis! Tu vas périr, et moi qui, grâces au ciel, tiens maintenant en mon pouvoir la vengeance contre tes lâches assassins, je te laisserai mourir! non. Les ténèbres m'environnent, ces lieux me sont inconnus; mais qu'importe, te sauver ou périr; une issue et je cours te venger.

(Il arrive à la porte d'entrée, l'ouvre en s'écriant :)

Le ciel jette une pâle clarté qui pourra me guider.... Volons à Périgueux.

Le rideau tombe.

TROISIÈME ACTE.

(Souterrains du château de Saint–Alvère; plusieurs colonnes gothiques avec leurs chapiteaux renversés, sont çà et là; on aperçoit dans le fond un passage tortueux qui donne entrée dans les souterrains).

SCÈNE PREMIÈRE.

SAINT–ELME.

(Saint–Elme, enchaîné au pied d'une colonne, au milieu de la scène, est à demi-étendu sur un tas de paille.)

Plongé dans un cachot humide et malsain, privé sans cesse de la lumière, déchiré par des chaînes qui me lacèrent, je puis résister à tant de maux et prolonger encore ma vie infortunée. Non, il n'est plus d'espérance. Mort! dont l'aspect fait frémir les humains, viens d'un coup sûr et rapide plonger dans l'éternité la victime qui t'implore chaque jour à grands cris. Comtesse de Volmar, ô ma mère! que la pensée de tes tourments me rend encore plus malheureux, fallait-il qu'au moment où tu commençais à jouir de la fleur que tu avais cultivée avec tant d'affection, tu te la vis enlever! Et comment? arrachée à tes côtés par une horde d'assassins;... Baronne..., que je te méprise! que ta trahison est lâche et déshonorante!

SCÈNE II.

SAINT-ELME, VALLERINO, BORELLA.

(Vallerino et Borella s'avancent auprès de Saint-Elme.)

VALLERINO, *un flambeau à la main.*

Je sens mes membres fléchir, la fraîcheur et l'horreur de ces lieux vont m'arracher la vie.

BORELLA.

Silence. (*A Saint-Elme.*)
Enfin, jeune insensé, la volupté, seule image des béatitudes célestes, n'aura donc point d'attraits pour ton esprit égaré? Ton obstination ne cédera donc jamais.

un mot et des guirlandes de roses vont remplacer ces fers pesants qui t'accablent.

SAINT-ELME.

Loin de moi, homme artificieux et déshonoré! penses-tu encore que je succomberai? tu t'abuses. Saint-Elme est au-dessus de vos rigueurs, il sait braver votre rage, et il redoute peu vos poignards.

BORELLA.

Réfléchis, il est temps encore; en ce moment la baronne est livrée à tous les accès de sa passion : tout-à-l'heure elle jurait sa victoire ou ta perte, et je suis ici pour apprendre quel choix tu vas faire, des bras d'une amante ou d'une nuit éternelle.

SAINT-ELME.

Merci, vil exécuteur de ses ordres sanguinaires! vas lui rendre les dernières paroles que tu m'entendras prononcer : Vos efforts seront impuissants, je la braverai jusqu'à mon dernier soupir! Elle peut ordonner mon supplice, j'y suis résigné; mais, pour me vaincre, jamais!

BORELLA.

Tu me fais pitié. Bientôt tu imploreras, et ce sera en vain, l'heure aura sonné et le sacrifice s'accomplira.

SAINT-ELME.

Moi, t'inspirer de la pitié! serai-je assez malheureux? Mais délivre-moi donc de ta vue, qui, elle seule,
me cause plus de tourments que votre barbarie et votre
cruauté.

BORELLA.

C'est se fatiguer en des essais inutiles, trembles! ta
témérité et ton audace seront bientôt châtiées. Je te
quitte, mais je reparaîtrai dans quelques instants la
vengeance à la main. (*S'adressant à voix basse à Vallerino.*) Veille le prisonnier, tâche de le fléchir; mais
sois insensible, ou redoute ce fer. (*Il montre son poignard et sort.*)

SCÈNE III.

VALLERINO, SAINT-ELME.

VALLERINO.

Fortune bizarre! si jeune et déjà si malheureux!

SAINT-ELME.

Cette tête blanchie où la bonté se déguise mal sous une
apparence de sévérité, m'inspire une confiance inac-

coutumée, c'est illusion; qui pourrait en effet, satellite de la baronne de Serviac, sentir son cœur agité de quelques sentiments d'humanité?

VALLERINO.

Ne blasphème pas, je puis en effet avoir été coupable, mais le remords qui me poursuit peut aussi inspirer à mon âme des regrets douloureux et amers, et me faire verser des pleurs sur le malheureux que je vois souffrir, et que je ne puis sauver.

SAINT-ELME.

Qu'entends-je! mes derniers vœux pourraient être exaucés! vieillard, tu pourrais être sensible! Je ne puis me tromper, c'est là Providence qui t'a conduit ici pour te faciliter la voix du repentir et pour m'assurer la vengeance.

VALLERINO, à part.

Ses paroles vont jusqu'au cœur. (A Saint-Elme.) Parle.

SAINT-ELME.

Bientôt je ne serai plus, vas trouver la comtesse de Volmar et dis lui : Saint-Elme gît dans la tombe, son cadavre repose dans les souterrains de Saint-Alvère, la baronne de Serviac, votre amie, fut son assassin! il a résisté à ses passions, elle l'a immolé. Son dernier soupir fut pour l'Etre suprême et pour vous, ses mannes réclament vengeance; c'est à vous de les apaiser. Par

4

ce moyen je te promets la grâce du tout-puissant, et je ne cesserai de te bénir le peu d'instants qui me reste.

VALLERINO.

Le seigneur semble par sa voix me dicter un arrêt ; je méconnus assez longtemps ses ordres sacrés, je veux obéir, jeune homme : attends du ciel ton salut, ou de Vallerino la vengeance.

SAINT—ELME.

Douce espérance ! qui me rend précieux mes derniers moments. Vieillard, si je maudis l'infortune, c'est maintenant surtout que je voudrais pouvoir te récompenser. J'attends encore une consolation, permets que je presse mon bienfaiteur dans mes bras, viens, et je pourrai mourir heureux.

VALLERINO, *s'approche de Saint-Elme pour l'embrasser, mais au même instant il se recule en s'écriant.*

Mes yeux s'obscurcissent... je m'égare ! mais je ne puis me tromper, ce signe, c'est bien celui qui me fut indiqué. Cette croix ! serait-il possible !... Le fils de l'infortuné Lorenzo... grand Dieu ! viens à mon aide. Sous mes yeux celui qui faillit être ma victime, oh ! je le sauverai, baronne de Serviac ; je t'épargnerai au moins ce forfait. Saint-Elme, bénis la Providence à ton tour, tu vas être sauvé, vengé, ou je viendrai mourir avec toi. (*Il s'éloigne précipitamment.*)

SCÈNE IV.

SAINT-ELME, *seul*.

Me sauver, me venger ou mourir avec moi! paroles étranges, mystère effrayant: Fils de Lorenzo, m'a-t-il dit... ma naissance lui serait connue, grand Dieu! et il m'abandonne me laissant en proie à mille doutes plus cruels que tous les maux que j'ai soufferts jusqu'à cet instant. J'aurai pu apprendre quel fut le sein qui m'alaita, ceux à qui je dois la vie; enfin, j'aurai pu savoir le nom d'un père et d'une mère, les invoquer s'ils ne sont plus, les aimer s'ils existent encore! Vie misérable! toujours souffrir; il n'y aura donc point de fin.

SCÈNE V.

SAINT-ELME, BORELLA, LA BARONNE.

(Borella, une lanterne sourde à la main, s'avance près de Saint-Elme, la baronne le suit, les vêtements en désordre, de grands cheveux flottent sur ses épaules, son visage exprime la passion et le délire.)

LA BARONNE.

Les larmes d'une femme, d'une amante, qui ose fouler aux pieds jusqu'aux lois de l'honneur pour par-

venir à l'objet de son culte et de son amour, vont-elles enfin faire place à l'ivresse? Ton obstination, Saint-Elme, cédera sans doute, une espérance flatteuse berce mollement mon âme ; j'espère que bientôt, dans quelques moments, à cette heure même tes bras vont s'ouvrir et ta voix s'écrier : Douce amie! pardonnez, mon erreur s'est dissipée, mon seul vœu, mon unique désir est de pleurer à vos pieds mon aveuglement, et de vous conjurer de faire grâce à celui qui vous a tant outragée, et qui brûle maintenant de la flamme la plus pure et la plus sacrée. Parle, voilà mon illusion, je t'écoute !

SAINT-ELME.

Vous vous trompez, baronne! éloignez de vous cet amour coupable, ou cherchez ailleurs l'être avili et dégradé qui ne rougira pas d'insulter la mémoire de l'illustre baron de Serviac ; vos efforts seront vains, je vous le répète, mille fois mourir, plutôt que de souiller ses cendres encore chaudes et à peine descendues dans la profondeur d'un tombeau. Vous m'avez entendu, exercez maintenant vos supplices et votre vengeance, je saurai souffrir avec courage et avec dignité.

LA BARONNE.

Fureur qui m'agite, combien encore d'instants avant de te satisfaire; insensé et barbare, ce visage pâle et défait, ces traits que le désespoir et les larmes sillonnent de rides n'auront donc aucun effet sur ton cœur insensible aux attraits de l'amour comme aux souffrances. Prends garde, le désespoir (*montrant son*

cœur), est là, les suites en seront funestes et ter-
ribles.

SAINT-ELME.

Trève à vos menaces, vous dis-je! elles réussi-
raient aussi mal que vos caresses ; quant à la mort que
vous pensez que je redoute, elle peut venir, je l'attends, grâces aux tourments, madame, que depuis si
longtemps vous m'avez fait souffrir, je me suis fami-
liarisé avec elle, et la regarde comme une félicité qui
tranchera des jours infortunés.

LA BARONNE.

Il me bravera donc sans cesse! je m'égare! Pour la
dernière fois! car la mort voltige autour de toi, veux-
tu céder ou mourir?...

SAINT-ELME.

Menace impuissante que je méprise, frappez donc ;
où l'honneur m'appelle, je sais marcher ou périr. Que
pourrait m'être la vie si une infamie honteuse et déshonorante devait souiller un nom que jusqu'ici, je
puis le dire, j'ai porté avec honneur et qui a été res-
pecté.

LA BARONNE, arrachant la lumière que porte Borella, et s'éloi-
gnant un peu de Saint-Elme.

Que ton arrêt soit donc prononcé! expire, et sache
en mourant que je veux triompher, ou que je me
venge impitoyablement.

(Borella se précipite aussitôt sur Saint-Elme, et lui porte un coup de poignard dans la poitrine.)

SAINT-ELME *se débat quelques instants, en s'écriant d'une voix déjà éteinte.*

Mourir assassiné!... oh! Vengeance! Il m'a dit : je te sauverai, te vengerai où viendrai mourir avec toi. C'en est fait, il ne pourra que me venger. (*Il expire.*)

LA BARONNE.

Qu'ai-je fait? Passions insensées, il faut donc toujours vous satisfaire; puis-je espérer maintenant un instant de repos, son image ne se joindra-t-elle pas aux fantômes qui sans cesse me torturent et semblent venir réclamer vengeance contre leur assassin? Ce cadavre sanglant me glace d'horreur; je voudrais fuir, je ne le puis. Oh! supplice, ces voûtes qui viennent d'être témoins d'un nouveau forfait, ne m'enseveliront donc pas sous le monceau de leurs ruines.

BORELLA, *s'approchant d'elle.*

Ciel! un bruit sourd frappe mon oreille, se pourrait-il? il nous aurait trahis.

LA BARONNE.

J'entends en effet plusieurs murmures, un bruit d'armes, je crois; l'heure du châtiment aurait donc sonné!

BORELLA.

Nous sommes perdus, on ébranle les portes.

(Au même moment on entend plusieurs coups de marteau et le cliquetis des armes.)

LA BARONNE, *à Borella.*

Fus-tu jamais fidèle , tiens maintenant ton serment ; tu me jurai de me consacrer ta vie , j'ai encore un service à attendre de toi et ce sera le dernier. Le déshonneur et l'ignominie m'attendent, dans quelques instants il ne serait plus temps... Napolitain , que ton fer me serve encore, frappe ta compatriote, tu la sauves de l'échafaud et de la honte publique ! je t'en conjure, je te l'ordonne.

BORELLA.

Te frapper, jamais ; mon corps pourra te servir de rempart, ce sera là mon dernier service.

LA BARONNE.

Il serait inutile, imite-moi du moins.

(A ces mots elle laisse tomber le flambeau qu'elle tenait en ses mains , puis se frappe d'un petit stylet qu'elle avait à sa ceinture, et elle tombe dans les bras de Borella).

SCÈNE VI.

Les Précédents, LÉONS, un officier, domestiques, gardes.

(Aussitôt les portes sont enfoncées; Léons, suivi de domestiques portant des torches, se précipite dans le souterrain; après eux viennent des gardes qui se jettent sur Borella et qui arrachent la baronne de ses bras.)

LÉONS, *s'approchant de la colonne où gît Saint-Elme, l'apercevant et se précipitant sur lui.*

Ils l'ont assassiné!... le sang inonde sa poitrine. Oh! désespoir....

L'OFFICIER, *s'approchant de St-Elme et le montrant aux gardes.*

Soldats, c'est un frère d'armes, lâchement immolé! point de pitié! qu'on entraîne les meurtriers.

SCÈNE VII.

Les Prédédents, VALLERINO.

(Les gardes se disposent à obéir; au même instant, Vallerino apparaît luttant avec une sentinelle qui lui défend l'entrée; il la repousse, et accourant auprès de Saint-Elme.)

Je le sauverai, le vengerai ou mourrai avec lui.

(S'apercevant que Saint-Elme a rendu le dernier soupir, il s'avance vers la baronne que des gardes soutiennent.)

Être avide de sang et de meurtre! l'enfant que le

ciel avait déjà dérobé à ta rage criminelle n'a donc pu échapper à ton fer homicide, approche de ces restes ensanglantés, contemple cette poitrine que tu viens de frapper, elle va te montrer les tristes mais justes effets de la Providence céleste; une croix y est tracée, signe qui va t'accabler quand de tes propres yeux, tu te seras convaincue que là, repose le cadavre inanimé du fils infortuné du napolitain Lorenzo et de Louisia, aujourd'hui baronne de Serviac! approche, te dis-je! mère coupable! et ajoute foi à mes paroles, car celui qui te dit que tu as fait assassiner Lorenzo! empoisonner le baron de Serviac et qui te prouvera tout-à-l'heure que tu viens d'immoler ton enfant, mérite sans doute que tu ne le méconnaisse. Te faut-il une preuve de plus? c'est ton compatriote qui parle, c'est le lazarone Vallerino.

LA BARONNE, à ces mots, s'arrache des bras des gardes, se précipite sur Saint-Elme, et tombe évanouie auprès de lui; elle revient peu à peu. (*Aux gardes qui veulent l'arracher du pied de la colonne.*)

Retirez-vous, cruels! Le coup dont je me suis frappée est mortel, laissez sur le cadavre de son fils la mère criminelle mais repentante qui l'a assassiné! priez, priez pour elle!...

BORELLA, *s'efforçant de s'élancer sur Vallerino.*

Le billot et la hache, voilà donc ce qui m'attend! Trahison lâche et scélérate, si je pouvais au moins me venger, l'échafaud ne serait rien; mais périr ainsi, ce sera avec rage et désespoir!

L'OFFICIER, *aux gardes.*

La mort est peinte sur son visage, c'est à la vengeance divine à la châtier, la justice de l'homme ne peut rien sur un cadavre.

(Pendant ce temps on met le corps de Saint-Elme et celui de la baronne sur un faisceau d'armes qui forme une litière; les gardes se mettent en ligne.)

VALLERINO.

Tout est fini pour moi maintenant sur la terre, il ne me reste plus qu'à tenir mon serment, je n'ai pu sauver la victime, sa vengeance n'est pas mon ouvrage, je dois mourir. Le ciel aura pitié du vieillard repentant, et je serai pardonné; espérons, espérons tout de la Providence. Adieu pour toujours, monde, je te quitte sans regrets; dans quelques instants les ondes qui baignent les murs de ces tourelles rouleront au loin un cadavre, et ce sera celui du lazarone Vallerino qui fut coupable, il est vrai, mais qui sut mourir repentant et fidèle à son dernier serment.

(Au même moment, il jette un dernier regard sur Saint-Elme et sur la baronne, et s'élance avec précipitation hors du souterrain. Le cortége aussitôt se dispose à partir).

Le rideau tombe.

FIN DU TROISIÈME ET DERNIER ACTE.